父亲与神话

王夫成———

著

长江出版传媒 长江文艺出版社

图书在版编目（CIP）数据

父亲与神话 / 王夫成著. -- 武汉 ： 长江文艺出版
社，2025. 1. -- ISBN 978-7-5702-3824-8

Ⅰ．I227

中国国家版本馆 CIP 数据核字第 2024F4H416 号

父亲与神话

FUQIN YU SHENHUA

———————————————————————————————————

责任编辑：王成晨　　　　　　　　责任校对：程华清
封面设计：源画设计　　　　　　　责任印制：邱　莉　王光兴

———————————————————————————————————

出版：长江出版传媒｜长江文艺出版社
地址：武汉市雄楚大街 268 号　　　　邮编：430070
发行：长江文艺出版社
http://www.cjlap.com
印刷：武汉中科兴业印务有限公司

———————————————————————————————————

开本：880 毫米×1230 毫米　　1/32　　印张：6
版次：2025 年 1 月第 1 版　　　　2025 年 1 月第 1 次印刷
行数：3402 行

———————————————————————————————————

定价：42.00 元

———————————————————————————————————

父亲与字典（自序）

莫言说过他还是放牛娃的时候，凭一本宝书《新华字典》认识了很多字，为后来写小说打下了基础。其实，在那个书荒年代，有类似经历的应大有人在，正所谓"渴者易为饮，饥者易为食"吧。

二十世纪七十年代初，我上小学。读四年级时，同座位的一位家庭状况较好的女生，买了一本《新华字典》。第一次见到这本书，第一次看到一个汉字竟有那么多写法，我觉得太奇妙了，于是每天放学时都把这本《新华字典》借过来带回家抄写。当时全然没有什么"六书"的概念，但在抄写过程中渐渐领悟到汉字造字的一些方法和规律。那时课外作业不多，记忆力又好，抄写全凭兴趣，所以一个多星期下来，写作文已经做到有繁体的字全用繁体了。教我们语文的张延惠老师看到我写的"奇文"不仅不以为怪反而大加赞赏，把我叫到办公室将我的作文向其他老师展示后，夸我"才高八斗，必成大器"。于是，我抄写字典更来劲了。大概两个月不到的时间，用掉几十本田字格写字簿，我成了班里同学吹嘘的"无字不会读，无字不会写，无字不会解"的"活字典"。

1975年，我们生产队发了一套《水浒全传》，这套书由村里小学教师夫迎哥保管。那年冬天，他就把书带到场屋（生产队储粮草、养牲口的地方），读给前来烤火聊天的乡人听，后来临近年关，大家事情多了就不读了，我就求他借给我看。那时，根本没想到自己于不经意间已然闯进一座恢宏堂皇的文学殿堂。先着迷而急读，后舍不得而慢读，最后读到一百零八将萎落不堪时竟伤感落泪。三十六座天罡星、七十二座地煞星的星座、姓名、绰号、排名、事迹滚瓜烂熟后，开始记书中的"有诗为证""但见""正是"，仍无功利目的，只是觉得好玩。读大学中文系时，读到金圣叹自述"无晨无夜不在怀抱者，吾于《水浒传》可谓无间然矣"，怦然心动引以为同道。带着这种好感读金批水浒，对这部自认读得烂熟的名著的字法、句法、章法、部法才有了较深的认识，同时对自己幼年便能读到这部被金氏封为"第五才子书"的经典额手称庆。

我常说起对我进行文字启蒙的有两位特殊的"老师"，《新华字典》是其一，另一位是我的父亲。父亲并不识字，却有满肚子的文词儿和故事。父亲从小痴迷听书，在街市说书场一坐一整天，遇到走街串巷唱书行乞的艺人他能跟着满庄跑。父亲的记忆力和理解力强，听一遍往往就能说会唱。他记下的故事不仅有现在所谓的文学名著，还有雅俗共赏的地方谣曲。我在小诗《在故事里，看到父亲》写道：

父亲不识字，却记了不少大鼓书琴书
大八义小八义，马前泼水刘墉私访
一人多角，一口多腔
添枝加叶，有滋有味
这些故事给乡亲解了多少愁闷

饥餐渴饮，晓行夜宿
顶盔贯甲，罩袍束带……
父亲口若悬河，一个个成语鱼贯而出

我读中学时，在课文里
亲人般一一相认

父亲说唱给乡亲们听，给家人听，给为病痛折磨整宿整宿睡不着觉的自己听。在那些数米计薪艰难困苦的岁月里，这些故事给他人给自己带来多少慰藉。对我而言，却是极好的文学启蒙。"山上青松山下花，花笑青松不如他。有朝一日寒霜降，只想轻松不想他。"讲故事前总先来一首"过门诗"。"月姥娘，白花花，照到北京万岁家。正宫娘娘生太子，文武百官来贺喜。就数包黑来得晚，撅根桑枝鬓边插。文武百官且莫笑，俺把桑树夸一夸。桑皮做纸文官用，桑枝做弓武将拉。人吃桑葚甜如蜜，蚕吃桑叶吐黄纱。谁说不是值钱宝，万岁龙袍也得它。"这是言归正传前暖场的"小开幕"。柳琴戏《喝面叶》《郭丁香》、大鼓书《打蛮船》《罗成算卦》听的遍数多了，我也能说唱起来。《打蛮船》中武举刘凤仙腾跳上船一节画面感强动感十足，听来真个如见其人如临其境："一撩他的长布衫，嗖喽喽，一下子蹦到蛮子船。不是大船扎得稳，他一脚踩个底朝天。"有了这番积累，读中学读大学，对诗歌戏曲的音乐性以及一些表现手法便能心领神会。

二十世纪八十年代，有一首电影插曲风靡一时，其中唱道："没有天哪有地，没有地哪有家，没有家哪有你，没有你哪有我。"听着这首歌，我想：没有这本《新华字典》无声中的文字启蒙，没有父亲无意中的文学熏陶，那么我的命运会有怎样的走向？人生会如何？

读中文系的大都怀揣一个梦——当作家做诗人。大学毕业后这梦便被现实弄醒了，虽是醒了，仍舍不得抛开，时不时眯着眼做着白日梦。《诗纬·含神雾》云："诗者持也。"持什么呢？
"持人之行，使不失坠。"我们不能揪着自己的头发离开地球，
但我想，至少可凭文字做几个俯卧撑，庶几不使自己完全跪倒在
现实的权杖之下，积久便有了这本薄薄的诗集。世人常说："念
念不忘，必有回响。"在这个人们一谈起读诗写诗就面露诡异神
色的时代，我不奢望自己的诗歌会有什么回响，只想给那个从小
痴迷汉字、后来在中文世界里遨游追梦的自己有一个交代，特别
是在眼睛倦怠脚步懒移的地方，在平淡庸常心问口口问心的时
候。如此而已。

是为序。

2024 年 3 月 2 日

目 录

第二辑　草木本心

第一辑／会心之处

白露信笔

白，露，一个字，两个字
每个字，都是美的
挽起手，也是美的
作为一个普通的名词是美的
作为一个节气的名称也是美的
诗词歌赋，芳名雅号
但与白露关涉
无一不是美的

甚至，连白露日出行
也是美的
比如目下，走在这长长的山道
步子轻松，呼吸停匀
不叹昨今炎凉
不求空谷跫音
钟声杳杳而来
帆影渐渐淡去
这林木，枝枝凝露，叶叶缀珠，便想——
无物能妨你澄明
何处不可以立命
于是，便觉
一切都是美的

想望一场雪我们想望什么

彤云涌动，布排着一场雪
想望一场雪我们想望什么

想望一则雪的典故
比如，孟浩然踏雪寻梅
比如，李愬雪夜入蔡州

想望一个情境
比如，茅檐冰挂
室内，竹炉汤沸
对酌联句
击节而歌

想望一个想望
寂然立于山巅
如莲，亭亭植于清涟
濯去滓垢
澡出精神

想望某一个人
及并行的一片雪地
地上的一行雪字
雪字消逝后的寻觅

小雪数行

霜降，未履霜
看来，小雪又要爽约
人们习惯了姑妄言之姑妄听之
也得允许节气
偶尔耍一耍它的小脾气

忽然，想起一位几十年未见的老友
也应像我这样
霜满鬓雪满头了吧

期约大雪
能看到碎琼乱玉飞扬如落梅
最好来那么一场大雪
扔绵扯絮那种呵

腊八书

单是吐这字，良多趣味
腊，卷舌抵腭，若蛇行
八，唇吻翕张，如水发
腊八，腊八
轻轻吐出，软软落下
便带出
扯不断载不起的往事
比如桌上的红薯糕
锅里的赤豆粥
系着围裙忙不迭的娘
灶膛前一心爨火的大
场院里孩子们在喧闹
村东头一株老梅在开花
现在，看着这俩字
硬生生被绾在一起
就如一对隔了几十年才又联系上的老友
同时发一条信息向朋友圈
两个头像矜持无言
不见顾盼

立春临水六行

不待东风梳理
大河早已绿参差

柳，微睁了惺忪的眼
凫，蹒跚着来试水的暖

几个村童打起了瓦漂
掠水为燕，入者成龙

春阴，想念……

一盘咸菜丝。淘美且异
何等尤物堪与你匹配
想来，那云卷云舒的——煎饼
才是君子好逑
母亲轻舞竹板，像一个指挥家
又像舞者，牵着她灵巧翻转
回旋舞。香气，梦幻一样氤氲
泉水汩汩，流淌于齿颊
设若一根白长于青的——春葱
加入，索性再奢侈些，浇几滴麻油
再设若，石崇炫富般
来一碗细面菜叶豆钱粥
便足可坐拥为王
便听凭城头的风雨晴晦，及
岁月的残山剩水
这君臣佐使俱全的药方宛若天成
正好疗我春秋易发的思乡之疾

立夏刍草

立夏，作为一个节气
是眼前这浅植疏落的竹篱
虽设却无碍，春与夏早已
融通了柔情蜜意

这个春天有些压抑
口罩捂不住的唇吻
比满园盛放的玫瑰更渴望
表达与享受

梅子即将黄熟
豪雨还不曾落下
且掬一抔这湖水吧
濯去素衣上的风尘、疲惫

或许，还有
铅灰色的忧伤
一年之计早已做好
该落地的落地
约期的约期
让一株株夏木阴阴啭黄鹂
一朵朵梦想圆满结果实

夏为大，斗指东南，要之
众生繁茂且喜乐
或身量，或灵性，或智慧
精进，臻于极致

十　月

十月里，收获
是一个热词

有人收获钻戒
有人收获镣铐

有人阴暗中运作
收获阳光下的花朵

有人播种了龙种
收获滑稽的跳蚤

但，总的看
还是那句老话：
种豆得豆
种瓜得瓜

杂粮煎饼之歌

黄种，白种，褐色……
真真实现了
族类大融合

黑暗中忍过
日光下晒过
风吹雨打过
碾压过
水泡过
火海里滚过

闹市里一爿小店
竹板宛如金梭
演绎着热气腾腾
香气扑鼻的生活

云卷云舒
先是，天圆
而后，地方
折折叠叠

经历苦难与熬煎

通体奇香
也改变了面团性格
从此坚韧
不再任人揉捏

盐豆传奇

在一片掩鼻、烦怨、愤怒，甚至咒骂中
你惶恐，无措
一下子失去了平日的坦然自若

鲜花着锦，水陆毕陈，金罍玉液
你与这里的一切
如此扞格，不能调和

烈火烹油，滚沸，你纵身而下
且开花，且放香，且舞蹈，且欢歌
吃货们闻香而来，咋舌，欢呼，雀跃

你的传奇还在续写
一枚鸡蛋，秀外慧中的公主
慧眼识珠，甘心以身相许
奇妙的联姻，天作之合

一只青花瓷盘，请出合卺的新人
登上大雅之堂，那香，那味，那色
吃货们纷纷拍照，并拟吸睛之题
古风如"珠联璧合"，新潮如"豆与蛋的魅惑"

闻起来臭吃起来香。深谙滋味的乡人，还会

配一张杂粮煎饼，再讲究一点
抡上一根葱，葱白为佳
家乡美食之一绝

大蒜颂

无辜，无瑕。却不容分说
硬生生被按入湿冷的地下
怀璧其罪？
黑暗中抽出柔弱的矢
旋即被粗暴褫夺
带着伤与泪，静心修为
涅而不缁，一座白莲具足而成
重见天日，你和兄弟们
居于光明显耀的竹箅之上
远远望去
像一朵朵云。无心的云

卖气球的

拃把长皱巴巴的小皮囊
就那么一吹，眨眼之间
便膨胀为似乎有着无限可能的
大宇宙

一只只气球飘起，成五彩祥云
祥云罩着的，却不是什么
头戴冕旒的真命天子
一个拿草帽扇风
神色匆遽的乡下小哥

"砰"！一只气球吹爆了
霎时间，天花乱坠
小小孩吃惊大小孩哄闹
年轻的草帽尴尬，懊恼
还有一点羞赧

小哥，不必如此
经常吹，自然就会吹了
相信时间不长，你必能
吹得熟练吹得自信

小鸟飞来

楼宇顶层，露台
露台，一柄大伞
我的斋，我的轩，我的园
在这七月，七月微飔的清晨
一只小鸟，蹭棱飞来
轻轻落下
——一只黄口雏儿
习飞，习饮，习啄
渐渐靠近，靠近我阅读之处
跳来，跳去
壮着小小的胆儿，跳上了我的案角

是把碧伞认作一张展开的莲叶了吧
果然这里是藕塘，便好了。我就成了
荷花一朵，或水草一枝，抑或
花间一泓清流或叶面一珠凝露
——如此方好与一只未谙世事的雏鸟对观
且在这七月，在这七月微飔的清晨
相悦相亲

不安之诗

早晨，带外孙放风筝
小家伙玩累了
我就牵着他的手
背着这只斑斓的大蝴蝶
回家。不料
看见的人皆诡谲异常
瞠目而视，并在我身后
指指点点

唉，泥里打滚是常态
土里刨食为正理
背有靠山能气壮
趴在地上才踏实
还没飞呢，甚至连
飞的心思也没动
只是一个飞的嫌疑
世人就如此
惶遽不安

电梯，颤抖了一下

在群，彼此呼为"芳邻"
有所问讯，称一声"亲"
电梯里，空间拥挤
大家谦恭有礼，进出有仪
问候也是小心试探，浅尝辄止
客气得有些生分

电梯下行，10 楼暂停
进来一位女士，伴了一声"谢谢"
手机视屏里传来幼儿的哭喊："妈妈——"
此时，低头刷屏的眼
盯着楼层数字变化的眼
闭目养神的眼
眯缝着，正构思
今日如何将伟大梦想推进一步的眼
……
一齐攒向这年轻的母亲
此刻，电梯颤抖了一下

观钓记

线，比这晨风更柔，更软
是一种缠绵一种牵绊
竿，比汀上的芦荻
更懂俯就，更懂放纵
——一个完完全全的老好人
四下寂荡，波澜不惊
线与竿比慢吞吞的日头
更有耐性
符子微动。之后，一上一下，渐促
咬钩，抻线，挣扎，逗，遛
扑刺刺，一尾大鱼被提出水面
此时，竿强如弓
线硬如箭
半空中抖落一串泪，看得分明
惊恐且绝望的喊，听得真切
江水失色
芦荻打了一个哆嗦

一条鱼的抗争

卖鱼的拿网去抄
它一下子弹起三尺高
放入秤盘摇头摆尾蹦跌撞冲
拉杆被搞得无所适从

破肚开膛
装入一条黑色塑料袋
扔进后备厢。等绿灯时
便听到它乒乓作响
是警匪片中的情节

拿在水龙头下冲洗
然后挂在钩子上沥水
这下安静了

不料一入油锅，又一次高弹跳
喷溅得油锅起火

汤熬好了，倒入海碗
它竟然在碗里又游了半圈
兀自瞪着白眼

两只蝴蝶

从手可摘星辰的 25 楼
飞下来，飞在
这晨光熹微的甬道
甬道在江畔雅居
雅居在雨后的清新
两只蝴蝶，一前一后
时或一左一右
相伴而飞
三两只灰喜鹊，殷勤探看
芳草鲜美，落英缤纷
一阵微风吹来，道旁
槭树和乌桕跃跃欲飞

两只蝴蝶，翩翩
向前，一只玉色
是妻，一只斑斓
娇女，目标只是万步
不敢奢望征服世界

两只蝴蝶。两枝花
一枝正艳，一枝
虽是明日黄花
老夫"固见其姣且好也"！

刈

清早散步，见一位园丁
操着奥卡姆剪刀
为一株石榴树打理

枝条，纷纷落地，
简洁俊爽，神采奕奕
仿佛这才是它的真面目

云淡，风轻
一只燕子从它头顶掠过
闪电击心。石榴树，翩翩欲飞
我亦蠢蠢欲动跃跃欲试
仿佛是自己裁剪了冗余
轻盈得想飞

还乡记

墙隅那棵老树，让他确认
这一片厂房覆压着昔年的水塘
这一株桑，很特别
桑葚成熟时是白色的
它的大半个身子探入水中
他常爬上去，纵身跳下
凉荫下，小憩的鹅鸭
嘎嘎嘎，四散奔逃

老桑已偏枯
活着的这半边枝翠叶亮
桑还在，塘呢，莲呢，菱呢
打水仗摸鱼儿的狡童呢

阒寂无人
颤颤巍巍，他攀上了树
踩着记忆中的枝柯
闭目，摆臂，纵身一跳
依稀，他又跳入了塘中
依稀，他又听到了水声
依稀，他又一个猛子扎出十米开外
依稀，他又看到了鱼戏荷叶间
荷花迎风飐

依稀，他又变成那个
有些桀骜有些寡和略带忧悒的
黑瘦少年

偏　执

与母亲聊天，说起我小时候吃过的零食
那时，母亲织髻网，父亲编荆筐
贴补家用
每次赶集，父母总不忘花几分钱给我们买来
一块黑的花生麸或黄的大豆粕
那是压榨去油后的副产物
锤敲，刀剁，斧劈，每人一小块
像啃石头，可也真香呀

可是呵，母亲，您不知道
现在，每当我
对着曲奇或巧克力
这类缺少咬劲的东西
都觉得味同嚼蜡

我是一个口味很重的人

比如，蒜泥捣好要搁上半日
洋葱生食。所幸，现在是假期
不必担心，讲台边的学童
遮口掩鼻，亲密好友
退避三尺
阅读小说，爱刀枪剑戟甚于锦绣罗绮
书架上，水浒三国靠前
红楼西厢居次
听歌，喜乡谣俚曲……

还是说回吃吧
常跨几个街区，赶到老南大斜对过
一爿叫"家天下"的杂粮煎饼铺
耐着性子排长队
对摊煎饼的小姐姐说
韭菜多些葱花多些辣椒多些咸面酱多些孜然多些
还有，火候要老些，再老些
而这位山东小老乡呢，总低着头带着笑：
"俺知道哩，俺知道哩。"

摘除一颗睑下痣有悔

混沌一片？其实
早已灵窍俱开

醉过一路行在的草香花香
听过一遭遭天籁地籁人籁
寤，我的第三只眼，天眼
助我一目十行
寐，则为压舱之石
稳泛一带星河，满船清梦
一个国度，俱足的世界
俯就委身，蛰居于这毫不起眼之处

躺在无影灯下，愧悔
我负了你，一如当年负了
依依不舍的一颗乳齿
负了叠起又展开，展开又叠起的
一沓心事

称呼变迁史

刚入职，前辈称我"小王"
温馨。是老干对新枝的呵护怜惜
后来，同事叫我"老王"
亲切，随意
上周参加一个名字很长也很拗口的研讨会
被推上座，被称"王老"
惭愧！名不高德不劭，只剩垂垂老矣
当然，几十年来，也有其他称谓
一位年轻的异性同事，自然而亲切："王！……"
吴侬软语。听来，不禁飘飘然有凌云之气
隔壁老张偶尔称我"隔壁老王"
说者无心，听者有意
走廊里一阵哈哈嘻嘻

称呼算什么。耳顺之年，无可无不可
纵是山呼为"王"，也只是草民一个
譬如有人叫你"隔壁阿二"
你就真的偷了那三百银子？

见闻录

安检时，看到一个幼儿在哭
她哭得那么伤心

起初，在妈妈怀里哭
后来，爸爸接过去，拍，晃
还是哭
似乎有比窦娥大得多的冤情
有比三闾大夫还深重的痛苦

几个妇女被哭得
淌眼抹泪。有的小声啜泣
想必是看到了
儿时的自己
两三个男人面带嫉妒之色

是啊，常被生活弄疼的人
能这般淋漓畅快地在亲人的怀里来一场痛哭
的确算是一种幸福
要知道，很多时候
牙齿打落肚里咽
甚至还强颜为欢

致歉书

秋风袅袅兮。木叶下
一叶引哲思，成片呈图案
我拿着手机，不断变换着角度
拍这道旁的落叶之美

"领导，领导，吃完这一口就扫。"
着橙色工装的保洁跑过来
她一手拖着扫帚，一手捏着泡沫饭盒
惶遽，带着惭愧
笑里夹杂着乞求与讨好
甚至含着一掠而过的悲哀与忧伤
多像那次因记错时间而缺岗被查个现行的我啊

抱歉！是我不合宜的雅趣与偶发的情调
打断了你简短的午餐。或许，还有
与亲人边吃边聊的视频

人活一世，草木一秋
你我都是茫茫尘世里的一茎草、一片叶

阳台上的昙花

"昙花一现"。多年来
一次也没见过它开花
朋友说要换土，追肥
算了，就看那青枝绿叶吧

节后从老家来，竟发现
一棵辣椒长成了树
白花灼灼，缀满枝条
与绿剑似的昙叶相映
"不知能不能结几个。"
"有叶想花，有花想果。
不知你为它做过什么。"
俯身拾掇冬衣的妻接口

此言近于道。触动我的更是
这恰到好处的规箴，以及
她一掠而过的薄嗔

棉的花

棉花也开花，且花大色美
为何不被当作花，养在深闺清供案头？
不如牡丹娇美？妩媚有风致？
出身草莽田垄？枝干长成树形？
那么，芙蓉和木槿呢？不更粗野？

当然，这是我在此呶呶不休
人家棉花什么也没说
结束了一场绚烂的花事
遵从本心，默默蓄力
此时，用它粉团似的花朵
慰藉这秋之原野的寂寞

各美其美

整理好"《红楼梦》导读"文稿
发给出版社的张编辑
泡一杯茶，刷朋友圈
这个假期，旅行的人多
分享的美照美景
俱秀色可餐

飘窗之上，竹影婆娑
一条叫不出名的蓝色小虫
两翼透明，逐影而移
电话打来。外孙要与我视频
遂看到：左边大宝，右边二宝，妻在中央
幸福填满了她蓝色围裙上的每一个格子

第二辑 / 草木本心

观梅记

四九的首日
梅开了，在江之隈
但，没有雪

其实，不必雪
梅是梅
雪是雪
多事的只是
卢梅坡们

甚至，也不必梅
孤峭，香冷
聪明而无染
站在这冬日的旷野
你就是一株梅
身后这苍茫
就是连天飞雪

杏花，片片飘散

柳，兀自摇
鸟，兀自欢
杏花，片片飘散

无涉小楼吹笛
无涉画船无眠
无涉桃飘李飞
无涉春雨江南

杏花片片，或与心事相关
如一束笺札
失约，飘散
迫在眉睫
又邈若河山

春日，忖度一棵小桃树也是冗余

紫干，青枝，绿叶，红花
春风里，阳光中
天真烂漫
旁若无人地生长着
所谓宜其室家，人面桃花
所谓桃色，桃运，桃符，桃……
所有这些酸的，臭的，黄的，邪的
全都走开
"汝居心不净，
乃复强欲滓秽太清邪?"
一如根间的残雪
风吹消失
叶上的灰土
雨洗而去
就让它干干净净安安静静
在世外，在时间之外
不被打扰生长着

甚至，不被打量
屏蔽世俗，包括此刻的我——
一个好事者的聒噪
及一厢情愿的目光

玉兰观赏指南

含苞时，宜近
看它们兜鍪中露出英俊的面
带着古铜的箭杆
弯弓盘马，射向料峭的寒

怒放时，宜远
看这群严冬里蛰伏的鸟
枝头商略
取道何处，出发何时
抵达梦中的山高水远

凋谢时，宜有月
不为凭吊，只为谛听
听仙子说下一个春天
如何从泥土中苏醒
借由根，再次飞上枝头
霓裳翩翩，冰雪凛然

认真的石榴

直至暮春，才抽出嫩黄的叶片
耐心着色，渐渐染成了墨绿

耐心生长，观花人莫心急
五月红巾尽吐，看浓艳一枝

红得耀眼，红得欲燃
红得尽兴了，稳便结子

晴日流光，雨天自惜
心，满是为母的一包蜜

石榴是认真的
生命是一幅工笔
精致不苟
不可草率，随便
把繁花似锦弄成了粗疏简陋的
写意

枣树赋

江南，暮春
在这或温软或摇曳或香艳的
花花世界
你突兀而生硬
向着妩媚晴和的天
高举着铁铸钩划
冷冷，且无言

树下盘桓，逗逗
你我血地同生
是失散多年今得重逢的兄弟
你身带的母土
还淹留着亲人的体温和气息

当村南村北缫车响起
簌簌落下一地金粉
你剪剪圆叶中升腾起
粟粒般绿色的希望
七月流火，七月沥血
西风中，呕出心来
一枚复一枚，千百颗心
惊世骇俗，悬在枝头
是对太阳的赤诚酬答

对天地神明的泣血祭祀

粗陋的，而锦绣的
渊默的，而沸腾的
......

老柳启示录

湖畔老柳，枝条稀少而整齐
人到晚景也要重视打理
老树经年，必有枯枝
人也要学着向衰老让步
比如，去接受那几颗不够坚贞的牙齿
年轻时也曾轻浮，癫狂
甚至，媚，折腰
那都成了过去

现在呢，要矜持庄重而不跟风
对青春不老之类的恭维
左耳入，右耳出
若有人攀着枝条泫然流泪
来一句"树犹如此，人何以堪"
就让这湖水荡起涟漪吧
学一学魏晋风流：
天地四时，自有消息

一棵鸡爪槭

秋风中，一棵鸡爪槭瑟瑟缩缩
半枯的叶片，进行着庄重的告别

园工却将它们片片摘掇
光秃枝条，真的成了鸡爪
怒向空中悲愤诉说

对于我的愠怒与迷惑
园丁似未看见，含着笑
收起筐箩，态度平和

今天，又打这路过
忽见新生嫩叶光鲜灼灼
得晴空湛蓝的衬托
喷吐一片片舌
伸展一炬炬火

是非，善恶，因果
界限分明
又无由分说

乡居纪事

太阳一出，像在播火
足不出户。母亲小园的出产
已十分丰富

黄瓜，凉拌。韭菜，凉拌
番茄，生食。豆角，生食
玉米棒水煮，很好
火燎更佳
——一口下去，便找回了儿时的味道
五香花生。八角、桂皮、花椒、茴香
母亲一一备料，有条不紊

太阳下山
水涘采集蓑草
结一件绿蓑衣
若能待到高粱红，还要削些秫皮
编一顶青斗笠

你到城里穿戴它们？母亲问
我笑而不答
想让她明白一首宋词的意境
委实需要费些气力

园圃中的母亲们

最有梦想的母亲
当属玉米
宝贝尚在襁褓中
冠以簪缨
一日嫩青，二日浅红，三日金紫

花生，最贵族的母亲
小小羽叶，贞淑，娴静
林下风致，迎风
也不招展
谁知，她是多国的母
生养众多，不矜不伐

西红柿这位母亲
最具文艺和美学范儿
青的果，碧玉圆润，不盈一握
可以清心也，以清心也可
红的果，冉冉挂在枝头
诠释长河落日圆的名句

最平静的，是我的母亲
一生，一部传奇
提及饥荒之年，目不识丁的她

如何带着一支娘子军童子军
过天津卫，闯山海关……
她拔去脚边的一棵稗草，扔出篱外：
"给逼得没路了。总不能坐着等死。"

胡杨戏墨

生而千年不死，死而
千年不倒，倒而千年
不朽
对你，以前只是听说。今日得见
果然遒劲，伟岸，硬气
致礼！

生而千年，确乎幸事
至于不倒及不朽，当在有意无意
天地四时，自有消息
我欣赏这样的姿态：
"酒店打烊，我将离去。"

西埂看荷纪事

拍摄。视频。光天丽日
众目睽睽之下

一头水牛，被一个只着裤衩的
大大咧咧村童牧着
旁若无人，昂首阔步，踏入荷塘一隅
大半个身子，慢慢浸入水中
忽又摇头摆尾，水花向四下迸溅
好不逍遥自在

满塘的荷，一改适才的拘束与冷淡
踊跃招摇，挨挨挤挤，仿佛欢呼
君王归来

在我眼里，大雅的花草

竹，菊，梅，兰……
这些君子草木
当然，我也喜欢

漫步在这城市的郊野
水涘，丛丛锥也似的芦芽
沙地里长出
满坡的狗尾巴草，摇曳
星星点点，荠菜开花
柏油路缝冲杀出的巴根草
匍匐向前……
思及校工宿舍的门口
几盆别致的绿植
一盆麦子，籽实饱满，已是初黄
一盆丝瓜苗，两叶如掌
一盆罗汉豆，蓝花串串
观之不足，而至于落泪

是我眼里大雅的花草
是我暌违的姊妹弟兄

金豆子

黄豆，大豆，毛豆……
先人还有一种文称，叫菽
在我的老家，又爱叫它金豆子

豆秧枯干，秋收开镰
我们几个被看青老头称为"贼羔子"的顽童
趁他不注意猫到豆地
撸几把豆荚，拢几捧豆叶
豆荚在火中噼啪作响
脱去小褂，扇灰糜子
炸出腰花的金豆子滚来滚去
不怕烫，撂一颗进嘴，香

现在明白了，金豆子不单单可以
宠称黄豆，凡流泪撒种
流汗滋养
经过太阳炙烤
烈火熬炼
欢欢喜喜蹦出来的都可称作
金豆子

树与鸟

请授计于我
如何像他
自由无碍，天高海阔

或者，如何让他
收住心猿意马
成为并立的一棵

请授计于我
如何使信息隔绝
记忆清除
故事涂抹

当然，首选上策
删繁就简，轻盈，无累
随时可以起飞
装束齐整，矜持而郑重
静候他的栖落

你哪根葱啊

一盆墨兰被我养成了
一把干草，妻打趣说
只有她这棵懒汉花
才无须费心跟着过一辈子
花盆的边沿却鼓出一粒芽
成形了，可辨了，唉
——你哪根葱啊
羞羞怯怯，沉静无声
忽开枝散叶，绿管参差
一枝峭拔，毫端挺出锥颖
正诧异间，团花簇锦
从没见过，一根蘸面酱卷煎饼的大葱
竟然亭亭玉立
妙笔生花

鲜花与牛粪

城市的街头
凤仙花被装进马蹄形的塑料盒
委屈，萎靡，像一个受气的小脚女人

在乡下，凤仙花叫急性子
风吹枝摇，果实弹出
房前屋后，地头沟边，花开花落，自生自灭
二妮的牛栏外就出了一大片
高可一米，花色鲜艳
就像二妮
阳光而健硕，唇红而齿白
这时间，二妮在给牛厩搞卫生
顺手掇了半锹牛粪，撒向栏外
哪些花儿只略打一躬
嫣然一笑

苹果香

我对幼时好的回忆
大多与吃有关
比如，父母卖箕畚回来兜里的一把花生
与祖母泇口赶会时二姑父买的韭菜粉丝包子

那一年冬天
在烟台当兵的四叔探亲回家
带回一小箱苹果
每家十来个
我把分得的一个放在枕头边，闻苹果香
后来生活变好了
苹果不再是奢侈品
后来听说一个苹果砸到树下做梦的牛顿的头
一个苹果引发了一场战争
一个苹果被上帝咬了一口
都赶不上这个苹果亲切、美好

身为农民的儿子
在数米计薪中长大
靠柴米油盐酱醋茶过活
根深蒂固地属意于眼下
触手可及的幸福

对天上云画中饼白日梦之类
总提不起劲

摇钱树

竹子外表文静
暗地里狂野
一棵能蹿出一片
老家土地金贵
舍不得种它

年三十的集上
有一片竹林在移动
那是山后种竹竿园的老赵
买一杆高大的
活闪活闪扛回家
插在院里的石磨上，这叫摇钱树
门上大红的春联
空中不紧不慢的雪
衬托着翠绿翠绿的竹子，好看
一阵风来，吹落积雪
窸窸窣窣
碎银坠落

第三辑 / 马蹄留香

今春，郊游多帐篷

蝉蜕，或孵化的蛋壳？
皆有不同：它，出入自由

卜地而居，择邻而处
并保持必要的距离

筑室坡顶，或是仁者乐山
智者乐水？考槃溪边

老人篷外聊着天儿，孩童草地撒着欢儿
关系着篷中人的耳与眼

就如有风送着暖
有线牵着鸢
——它一直都在
无论看，或不看

胜日。烟景。赏心
宜涉江采兰
宜远足踏青
今春，郊游多帐篷
人们对这份守与待

不约而同
情有独钟

一幅画

玄武湖公园。画架支于城墙根儿
艺术学院的几个学生，正对着
一棵临水照影的香樟写生
堆出于岸，水波亲之
画中的树更像一柄笼盖四野的绿伞

伞下的白蜡木长椅，一一记取
月光里的情侣，黄昏下的老人
细雨霏霏，谁家萧史
一管碧玉，呖鸣着六朝如梦
远处白鹤应节而舞
此刻，春日的午后
几个孩童，椅背爬上爬下
与枝柯间鸟儿一起叽叽喳喳
绿伞翼护着，脉脉不语

常常路过，不曾落座
不敢入画，自惭形秽

木栈桥上的迎亲表演

这是不是世上最小的迎亲队伍
新郎，新娘，迎新的，吹响的，拢共四人
是不是世上岁数最大的，两翁，两媪
加在一起，差不多三百岁
时间是春天尾巴上的一个中午
地点是江北某生态园的一处溪上木栈桥
此时，风柔日丽，游人如醉
好，现在一切准备就绪，开始
唢呐翁吹起了百鸟朝凤，中气十足
四人的十字秧歌踏着节拍欢快扭起
迎新媪手中的大红绣球和彩带缭绕舞起
新娘的凤冠霞帔和迷醉的笑飞起来了
新郎亮晶晶的白发和唐装上的金龙飞起来了
小小的栈桥成了乐颠颠的花轿飞起来了
溪水中绿的菖蒲黄的水茑岸上马鞭草薰衣草飞起来了
远远近近目眩神迷的男男女女老老少少都飞起来了
就连树上的小鸟空中的白云也飞起来了
甚至，整个的尘世，在此刻似乎被带了节奏
全都飞起来了

西山村雨景叙事

一连十几天的大太阳
毕竟换得了这一场透雨

一个六七岁的小男孩
冲到雨中，撑起了一把黄油布伞
弟弟看见了，偏着头
打闪似的，窜到伞下
两岁的妹妹
像驱棹着两只小舟
——妈妈的拖鞋
一顿一挫也投奔了来
伞便遮不住了
哥哥的半个身子便淋在雨中
两手却紧握伞柄
弟弟一手加持，一手护着妹妹

风急，雨大。从哪里跳过
几只蛤蟆来凑热闹
被密雨侵着，只得闭着眼
叽里呱啦出着主意
伞之上，一只雨燕来往穿梭
不知如何是好

孩子的爸爸妈妈
锄禾日当午，得此喜雨
目下，并坐廊檐
爸爸抽着烟，看三小儿嘻嘻哈哈
妈妈择着菜，笑向雨中
也没说什么话

秋游玄武湖

集天之精、地之华、人之灵
六朝古都的宁馨儿
隐于市，和于市
韵致优雅，内敛沉静

缭绕香烟，扰攘市井
紫陌红尘，樱落如雨，游人蜂拥
一场场无遮会，幡动抑或心动
与你无涉；城垣隔阻
亦无必要。自然淡定

君臣上下，丈山尺树，寸马分人
湖畔，画师沉吟着：究竟水占几何
你一如平常，不鸣，不争。其实
襟怀早已敞开，将天光云影纳入涵容

一行雁渐近渐入渐去渐远渐无影
一排柳捺着躁动等候春天的梳弄

善念根苗

30 元，20 个套圈
——20 个法力无边的乾坤圈

一只只乾坤圈砸向笼子
小龟缩头，黄雀惊飞，仓鼠乱窜

年轻的妈妈，志在必得
——她要为宝宝套取儿歌中的那一只
两个耳朵竖起来爱吃萝卜与青菜的
红眼睛的小白兔

笼子窄小，转身不得
每次套圈落下
小白兔只能将眼一闭，头一缩

"小兔子乖乖，把门儿开开
妈妈要进来，快开快开快快开。"
年轻的妈妈唱着歌为自己打气
"哇——"
当她抛出了第 7 个套圈
两岁的宝宝抱着她的腿
号啕大哭

漓江笑书

水作青罗带，山如碧玉簪。韩愈会这样点赞
舟行碧波上，人在画中游。王维会这样描摹
对着这甲天下的山水
很想诌几句应景
却是眼前有景道不得

这时，同船的一位东北大哥
指出雾气流岚中的江上诸峰
爆出了一句：
"好一笼热气腾腾的窝窝！"

从鸬鹚的眼中找到了自己

漓江阳朔段的黄布滩
又一个网红打卡处
据说是人民币 20 元背景的取景处
游人潮涌而至
一个老翁，自称景中渔人原型
表演鸬鹚如何抓鱼
一枚草环套在鸬鹚膝囊上端，于是
这小小的环便成了阻止劳者享用的一道关口、一条符咒
一种光天丽日之下巧取豪夺的把戏
但见那他举桨击浪
鸬鹚如得将令箭射入水
寻鱼，捕获，出水，只在眨眼之间
而后，便上演那口中夺粮的绝技
那一刻，我发现水和水中的鱼一阵骰觫
山和山上的云一阵战栗
那一刻，多少人从鸬鹚的眼中
找到了自己

赞己书

脚步轻便，能紧跟小孙女
一口气登上叠彩山挈云阁
这很不错
俯瞰脚下大江喷涌
曹孟德手书"衮雪"犹能在心头
翻腾，激越。与这嶙峋，与这巉岩
与这经千万双青睐或白眼的打量
千万双柔指或硬腕的摩挲拿捏
兀自有棱有角的巉岩并立
相看妩媚，而无愧怍
这也不错
年过五旬，心渐老去
犹能像足下的无名野草，从板结的日子
抽出一条条柔韧的软
开出花朵星星点点
这也不错

伊宁喀赞其村印象记

说是村，其实是
一条街

是否觉得海太过遥远
于是，便自造一个小小的水蓝世界
街的两边
墙，柱，门，帘……
目之所及，皆是蓝，皆是海
则花草树木是藻在摇曳
则行人是鱼在游弋
如此，街道则是摩西过红海时挥杖
分出的干地

只是，很快就到了尽头
也许，美的大都短暂
像一幅山水小品
一支抒情小曲
一片梦，一片浅睡的梦，一个幻想
或来不及记录的一段相遇

果子沟坡上的卧牛

车行果子沟大桥
我看到山坡上的一头牛。一头卧牛

此时是下午四点，日光直射
它卧在那里。一动不动，远望如黄蜡石
谷中吹来的风，天上聚而散的云
桥上的往来的车辆，以及
车厢里探出头来的观光客
一概与它无关。假如
能听到它的呼吸，那一定是安静的
是身后黑麦草
或雪岭云杉的安静
如能看清它的眼
那一定是满含慈悲的，如赛里木湖
湖水的慈悲

车行果子沟大桥，我看到山坡上一头牛
仿佛一尊卧佛
静静地望着这个世界

赛里木湖里的鱼

导游说，赛里木湖水温太低
原本无鱼。本世纪从西伯利亚引进
高白鲑，于是成为这里
唯一鱼类

我对西伯利亚的最初认知
源于一部苏联老电影，自此
总把它跟流放扯在一起
但，那是如何荒寒严酷
高白鲑又历经多少苦难的历程
才造就这一颗冷硬的心

从故土到异乡，不意的迁徙
想必，又平添一段
恒久的思念与悲伤

告别辞

告别哈密瓜，告别葡萄家族的
玻璃脆、无核白
告别伊犁蓝、喀赞其的浅蓝
赛里木湖的湛蓝
告别霍尔德宁贞静的云杉、沉思的石头及顽皮的小牛
告别巩留万亩平畴的青贮玉米
踏着这延展天际的魔毯，驰往彩云间
或如牛马大嚼眼前这整块的清凉
濯去心头重重锈斑

告别河谷落花的薰衣草，以及
毡房外的野杏，已在想象的坡地
绚烂芬芳，蜂绕蝶飞

告别友人。亲，万人丛中一握手
使我衣袖三年香
告别一个梦，就此分袂
去意徊徨，心里有略轻于
一小罐卡瓦斯的惆怅

想飞之诗

起飞还有一个多小时
在候机室，我打开了一本新购的诗歌选集
几双眼光投来
我不是那个误入桃源的武陵人
相见欢，把臂入林
我是常来常往的座上宾
芳草，落英。人间烟火气
又曲径通幽，别有洞天
别有那么多有趣的灵魂
……
合上诗集。瞥一眼停机坪
竟觉身轻如燕。似乎也能
御风而行，在蓝天下
飞起来

致伊宁友人书

来回看了两遍来宁交流的名单
没有你。既约，何不来

你痴迷于《兰亭集序》
就来看一看书圣故居，流杯渠

看倦了那拉提的草绿与花艳
也来听一听秦淮河的朝歌夜弦

金陵春，或许不及伊利特有力
吴姬压酒劝饮，也能让你一醉不起

乘醉，带你到栖霞山吟赏烟霞
颔首，含笑——这是你的表情包：
嗯，这里的红叶
不比伊犁河的杏花逊色

栖霞山枫叶写意

似乎一夜之间
就火遍了整个山峦

不借哪位大仙的点化
也没跟什么风

冬忍，春生，夏长
再经由一场霜的发酵，引燃

满山满谷便堆叠起
这红于二月花的绚烂诗句

涌向天边的绮霞
于是，天地一色
暖了这晚秋和苍茫的世间

景点解说员

皇帝是饿死的，就在这儿
你指着脚下——这么确定？
胭脂井本不是这名，叫辱井……
扫兴。一点点幽思
只得随着那啼鸟
系向台城边那株偏瘫老柳
博物的你
又原原本本抖搂出
它从乡下到城里的老底
自是，江雨不再霏霏
六朝就此梦断

既明白一苇渡江的虚诞
当稔知拈花一笑的深情

第四辑 / 情之所钟

父亲与神话

父亲自有一套理论
比如，天旱瓜才甜
他在自留地头的水沟边
挖了三眼土井
地里干得冒了烟
父亲的脊背却雨水成河
一条桑木扁担唱着歌
父亲成了他故事中担山撵太阳的二郎神
一棵苗，一桶水
喝足了的瓜秧昂扬如奔马，一跃数尺

父亲说，天热卖好价
天上云彩丝儿也没有
父亲的心头开满了花
捧捧那个，拍拍这个
他把这些光溜溜的娃娃
一个个举过了头顶
车轱辘滚滚向前

父亲要与太阳赛跑
他的理论又来了：西瓜不解渴
于是，他遇井喝井水，遇河喝河水
此时，他反成了一块干渴的土地

我大学语文第一课
读到饮于河渭复饮于大泽的夸父
觉得父亲比那个逐日英雄
更加鲜明而有力

关于母亲的几则比喻

父亲在时
那辆老旧的三轮车是父亲专用的 120
忠实待命，即刻出发
年逾古稀的母亲此时英勇若神
每每把它蹬成了风火轮
而她的一头白发在风中
飘展如旗

父亲走后
母亲被接到城里
住进我居于 25 楼的家里
忙完家务，坐在窗前
手抓护栏，钉子一般
看脚下马路上的行人
看天边飘来又飘去的云
眼神拘怯，然而冷硬
只轻轻一磕，我所有美好的设计
便都散落一地

暑假，一家子回乡看望她
隔着院墙就听见母亲在和谁说话
推开门来，见她在给小菜园浇水施肥

——敢情这瓜瓜菜菜

早已成了她的满堂儿女

一张纸的翻转

在一本旧相册里
发现了几张
祖母留下的剪纸

二十八岁孀居
祖母手中的这一把剪刀
剪除了的孤苦有多漫长
冲开了的悲哀有多浓黑
逼退了的冷漠有多沉重
将一张张堪比命薄的纸片
一丝不苟，精心裁剪
雕镂出一个又一个
温暖、轻灵、透亮的日子
花、鸟、虫、鱼，栩栩如生
三个弱女也在祖母的掌心
成长，展翅，飞翔……

展开眼前这一沓剪纸
一棵艾草，两只蝴蝶，三朵小花
记忆中的春天梦一般归来
祖母的左臂采摘野菜的篮子
右手一只燕子风筝
扭着一双小脚，坚定而稳便

笑盈盈地，挪来

向她的——

他出生，她就觉得自己的生命有了中心

他写字，她就在一旁边做针线边看着他

他吃饭，第一碗还没吃完就忙不迭递上第二碗

他生病，她就守在床头一守就是一宿

他要去省城读书，她就一个人躲在里屋悄悄落泪

她一辈子引以为傲

她唯一的孙子

她的命根子

走来，笑盈盈地走来

母亲抱着父亲回家

除了自己，对谁都不放心
母亲抱着父亲
回家

打春好几天了，风仍如刀
晚上又下起了小雨
姐姐和妹妹搀扶，母亲上了公交
车上人不多。文明社会，无人面露不悦
母亲抱着父亲挪到最后一排
让父亲坐在她旁边的座位。一只胳膊挽着
还是往常领着父亲求医问药的样子

车子猛然一刹，匣子滑了一下
母亲惊慌，半个身子扑了上去
还像往常把父亲抱紧

清明节的怀念

双臂合拢，小心地
把父亲抱到了我的屋里

"就恁想看他?" 母亲说
"是他想看我读书写字哩。"

"这是我该背的十字架吗?"
我了解母亲一力承担那些日子

"你不知道，整宿地咳。"
咋不知道! 咳声如锯

"能活到今天也不亏呀。"
"唉，他就是这个命!"

结一条绳，母亲要汲向悲凉的井
我懂得这浓黑，不再续麻接茼

看我翻书写字，母亲不再言语
坐了一会，母亲出去了

水果店口占

十来个柿子，一字儿摆在货架
如慢镜头下依依沉落的夕阳
……
夕阳透过窗户，映着东墙
返照在祖母的脸上
竟有些红润
想说什么。俯首附耳。柿子？
嗯。祖母喜欢吃柿子
七月小枣八月梨
九月柿子赶大集
每年柿子上市
总不忘给她买几个熟透的柿子
喜欢看她吃柿子的样子
似乎一辈子的坚硬苦涩
都已化为眼前的一包蜜
……
柿子买来时，夕阳已沉没
满屋子黑冷如铁
整个世界都黑了冷了
妹妹的泪水一滴一滴砸在柿子上

柿子，像一团团灼人的火
低着头，从这家店默默走出

在故事里，看到父亲

父亲不识字，却记了不少大鼓书琴书
大八义小八义，马前泼水刘墉私访
一人多角，一口多腔
添枝加叶，有滋有味
这些故事给乡亲解了多少愁闷
饥餐渴饮，晓行夜宿
顶盔贯甲，罩袍束带……
父亲口若悬河，一个个成语鱼贯而出
我读中学时，亲人般一一相认

每次回老家，老一辈的提及父亲
总是复述着从父亲那里听来的故事
不插嘴，只听，想象着父亲讲故事的音容笑貌
就这样，一次次在故事里
看到父亲

安静之诗

安。二叔入土为安
他去了另一世界
坟丘兴起。白杨萧萧
荒草萋萋
静。天上的云渐渐远去
田野里，满挂白花的芝麻
绿森森的玉米
"您不要多想。"我小心对母亲说。
（上个月，村里有三位老人亡故）
"咳！船到码头，还能赖着不上岸?"
后视镜中，我确认她的淡然

像是也在咀嚼沉思母亲的话
车子缓缓地
行走在乡间坑坑洼洼的土路上

"没事!"

女儿担心奶奶的血糖控制不好
其实，不听电话我也能猜出
母亲的回话："没事!"
曾经沧海难为水
对于母亲
对于九岁没了爹成了顶梁柱
闯过关东的母亲来说
什么事才算个事呢
父亲去世，她也是抹一把脸上的泪
算是"没事"了：
"我没亏待他，又不能跟他去!"
生活中难道从来都"没事"？有!
一次，母亲到百里外的矿区卖蟹
暮往而晨返，还是耽误了出工
被队长点了名
母亲什么也没说
早饭没吃午饭没吃
割出了月亮割出了满天星星
还有一次，七年前姐姐病故
躺在妹妹怀里的她
犹犹豫豫，吞吞吐吐
那事确实让我很为难，那一刻

母亲泪眼中满是悲伤与哀求
像一只受伤的小兽

儿童的世界

外孙，女儿，我
午后，小区，散步

"宝宝高高！"
小家伙指着前面的一块黄蜡石。

石头与宝宝等高，但放在斜坡
对于两岁的娃娃
向人的一面还真有些嵯峨

"石头不好玩，咱去滑滑梯！"女儿说。
"宝宝高高！！"嗬，小家伙口气很坚决。

"好嘞，宝宝高高！"女儿抱起了他。
"宝宝高高！"一双小腿儿连踢带蹬——
原来，他想自己"高高"

小家伙手脚并用，趔趔趄趄
我和女儿一左一右跟上去

终于爬到了石头跟前
他扶着石头的一角，略歇一歇
继续登山

没从盖过他头顶的正面爬
小家伙抓几棵杜鹃，踩几丛小草
——他绕到后山
打那儿爬上来了！

站在那里，小家伙乐得咯咯笑
小手不住挥动着对着山下喊：
"妈妈——姥爷——"

似乎是站在泰山险峰
陶醉于一览众山小……

母亲的陶诗译笔

你退休就回咱乡下住吧
天高皇帝远
万事不上心
没了城里的烦恼和搅扰
保管你搁头就着
一夜睡得香
这院里的二分园
我也想过了
一分我种瓜种菜
一分你栽花栽草
抬眼就看到了王母山
你不知山里空气多新鲜
景致多耐看
这两年，引来外地的小鸟
跟人有多亲
向着你飞，对着你叫
恁多人都往城里挤
究竟不晓得
这城里有什么好

嫉　妒

旗幡招展，披麻戴孝
看到电视里送葬的场面
母亲又说起她 9 岁时的事

那年，看到谁家为亲人下葬
她都会心生嫉妒
都会带着六岁和三岁的妹妹
在出殡队伍走过的路边
堆起一个碗大的坟堆
插几根草茎算是上香
掐几片树叶算是纸钱
姊妹仨一字儿跪下
趁着人家哭丧的乐歌尚能听见
给小土堆里并不存在的父亲磕三个响头
······
不知怎的，每听至此
总觉得母亲的叙述有所遗漏——
路旁的草丛中
应有一只风雨打落的覆巢
覆巢之下，是羽毛尽湿
嗷嗷待哺的三个雏鸟

摆月亮

月光清明。父亲和母亲各据一把刨刀
我们几个就在刚翻过的土块上摆薯片
晒干了好收藏，这是一冬的主食

原野一片静谧，只有秋虫唧唧
红薯堆叠如小山，渐小。我们的哈欠声渐稠
母亲说起彼得在鸡叫两遍以先三次不认主
我们又打起了精神
等到远处庄子里鸡叫两遍的时候
红薯刨完了。父亲抬头看看月亮
说有三四个这样的天，就好了
我们收拾东西，准备回家睡觉
月光下，我们摆出的薯片
好像千万个小月亮

2002 年 8 月 7 日纪事

长叹一声
一身夜露和疲倦的列车
终于停靠在这站台
"常州虽小，没有人小看她。"
"龙城欢迎您!"
虽是广告语，但实在而热忱
巩固着托付终身的信心
大女儿踮起脚
去拿货架上那件小的行李
小女儿揉着惺忪的眼
看晕黄灯光及涌动人群
"爸，到家了?"
妻的笑是不足一秒间的事
像顺窗挤入的一丝风
唉，素来勇敢，也有怯懦
那一刻，我才掂量出
一家之主
春节时贴敬灶神
平日里归给父亲的
这四个字，字字千钧

母亲的自责

母亲又说起了四十年前
寄钱给我买棉衣的事

那年冬天冷得出奇
树挂掰掉了南师100号大楼前
那棵雪松的几条大枝

你不知道小杨当时有多横
张老师作证替我写的单子
他就瞪眼攥拳要打张老师
也多亏邮局门口卖鱼的大姐，二话不说
放下秤跑到中心校寻来了张老师
人家梁局长当官没一点架子，说话低声
我说一句，他在小本本上记一句
文质彬彬，客客气气
没几天，钱就赔咱了
后来再去邮局就看不到小杨了
唉，当时要是知道讨条子
就可能拦住他的歪心思

整整一个腊月，从乡下到镇上
十几里的土路，顶着寒风冒着雪雨

每天的行路难，心里的窝囊气
母亲只字不提

来家面母絮语

推开门。娘在低头剥花生
"娘!" 娘的耳朵有些沉

"娘! 娘!!"
"听着呢,听着呢。"
转过身来,娘满脸笑

还未完全康复。白发萧萧
娘是刚从战场上归来的老兵
一员悍将。多少年来
单打独斗,固守营盘
使我和姐姐妹妹来有所依归有所处

娘,最美丽的汉语词语
香气散发,慈爱萦绕
自带祥光瑞气
人世间最温软的呼叫
我知道,总要有一天,它
会变成一个典雅而深沉的称谓
故而,趁着现在诉而能听呼而能答……

怕我冷,娘给我披一件她的棉衣
妻打趣:"我给穿花袄的教授拍一张。"

这可是个大题目，道是
老莱子彩衣娱亲

喊　娘

给住在乡下的老娘
安装了一个摄像头

没事时就打开小易管家
看看此刻，娘在做啥

清早，看娘洗了脸漱了口
在院子里安安静静地做祷告
我就在心里跟着叫阿门

中午，看到娘在鸡窝里取了一枚蛋
又从菜园拔了一棵葱
然后，进了厨房
我能闻到葱花蛋的香

忙完了一天的事，躺在床上
打开摄像头，看娘有没有
收回晾晒的花生大豆，或是
绳子上的衣裳

那天中午，看到娘
还把自个当成年轻人
拉瓜秧，整土地，种萝卜

忍不住打开音频，大喊几声"娘"
娘显然听到了
却不知道喊声从何而来
眼神惶惑，四下张望

然后，然后
我就关闭了摄像头

母亲学车

前日，从京东给母亲
买了一辆电动代步车
小妹说，母亲不喜欢
她还是念叨着
父亲留下的那辆旧三轮
说蹬上一脚能溜出好远
还说，她看过坐在车上的
不是瘸子，就是瘫子

那天，打开摄像头，我发现
头天晚上七点多到八点多
母亲打开院里的灯
按小妹教她的，一个人
小心地，反复地学开车
启动，减速，转弯，停车

画药记

母亲不识字。回城前
我在纸袋上给她画药

我画了一个胃
"吗丁啉。"
母亲很聪明

我又画一个鼻子
两个鼻孔下，是几条
断断续续的短线
"治感冒的!"

这是几板治痢疾的药
我想起小时候肚子痛的事
于是，画了一个仰躺的娃娃
点个小黑点儿，算是肚脐眼儿
一只慈爱的大手，伸过去，伸过去
去焐，去揉
显然，母亲又看懂了
她笑着朝我点了点头

我的一声咳嗽，惊醒了千里之外的母亲

通过摄像头，我看到
母亲坐在廊檐下打盹儿
从一点多坐到圈椅上
到现在，都快俩小时啦

这是我的乡下老家
此时阳光照满小院
墙外，偶尔传来一两声叫卖和鸡唱
阳光下，母亲睡得多香
这是她被感染的第五天
正需要充足的睡眠来调整

戴着线帽，穿着棉衣
身上裹着一条小棉被
——独居的母亲知道如何保护自己
头靠着椅背，手插在袖筒
脚搭在一条矮凳上
——母亲睡得多安详！
此时，这午后的阳光
这围拥着母亲的阳光
把我的居室也照得明亮

猝不及防，我喉咙发痒

便爆发几声剧烈的咳嗽
此时，我看到镜头中的母亲
悚然惊觉，东张西望
似乎是她听到了千里之外
我的这几声咳嗽

她，八十七岁了

如八九岁的小女孩
腼腆，驯顺
衣衫整齐，规规矩矩
像先生面前的小学生
先生是福音书
福音书在桌上。唱赞美诗

那喜乐，那福气
如鹿切慕溪水。重新得力
如鹰返老还童
如迦勒，如书拉密女
岁月的苦难和悲伤划而不着痕迹
如储藏室里菜是菜，瓜是瓜
苦难是苦难，她是她
口唱心和，如食蜜糖

那神情，遐飞高举，如步天堂
如未及道别，亦无须道别
遗落爱她的子女亲人菜园，以及
住了一辈子的篱笆茅舍
熟悉而又陌生
如终有一天的见面
在生命之泉永无干涸之地

与友人聚小记

择日不如撞日。招之即来
从一座城的各个方向，辐辏
来到这老山脚下
来到这田园风光的小院

不约而同，都没有开车
不单要小酌三杯
还要与这份葱茏和宁静适配

萝卜秋来爱美
白菜一向内敛
天空澄明，心里干净
东家哥哥，无须摆恁多佳肴
一碗小葱拌豆腐，足矣
小时便咬嚼得菜根香甜
清清白白也正与诸位的品格相得

五十大几，六十开外，已过古稀
都是走过泥泞的人，经过几场霜的人
笑语忽停，神思恍惚
仿佛那纷纷发出的 108 张纸牌
成了漫天飞卷的雪花、傲然飘香的梅瓣

河套王

填籍贯，写家书
都是写"运西村三组"

幼年，就在村部的墙上看到：
"从山西曲沃迁来，为怀念故土仍称河套王。"

省城读书，"异乡""流浪"的种子不时拱出，疯长
真想它是华西村三组呀
真想它是那个桃花盛开的地方

"你那地，我知道，百里出名。"
我理解这位善意搭讪的朋友对我的体贴
在我的家乡，这土特产，这财富，这不祥之物
任由货比三家，大大方方摆放

年年月月祖祖辈辈，乡亲们做过多少口棺？
在我看来就两口：白茬的，上漆的
就像墓穴内凹悬的两只殡碗
黑碗装着暗昧，白碗装着悲伤

小圆镜

"又点胭脂又搽粉。"
母亲有些烦，甚至还带点怒

祖母（其实是我外祖母）二十八岁那年，丈夫死于意外
天塌了。有一年多她躺在床上，不言不语
床前三个弱女。最大的是我母亲，那年刚满九岁

转过屋角，看到祖母端坐夕阳之中
一手拿着一面残破的镜子
一手向面上涂擦着些颜色。庄重、沉浸
此时，满堂儿孙繁重家务一概放下
几十年粘连的光阴与堆叠的苦难一概排斥
这是一个人的世界，又似乎不是一个人的世界
我看到二十八岁及二十八岁之前的祖母
对着妆台梳洗打扮的贞静模样
站在那里屏住呼吸，我恭候着这一仪式圆满结束
阻隔来自母亲的可能的打扰，以及
不谙世事的小妹可能的惊叫

其实是对小妹的误判。祖母弥留之际
她把助听器、老花镜，还有她新买的小圆镜和脂粉盒
——举到祖母眼前
祖母的久病的脸上展现一丝笑意

想必她会装饰一新
会见她的暌违已久的亲人

多少计划最终成空

小时候，多少次听父亲讲孟姜女哭长城
那一年单位组织旅游
第一次看到长城
站在城墙上想，有条件带父亲来看一看

在南京定居后
父亲又说道当年洪武爷登基坐殿
借沈万三的聚宝盆造城墙
就想，有空接他来看看这明城墙

那天，把父亲从八百里外的苏北农村
接来看病。车行城墙边
隔着玻璃窗，我指给他看
父亲精神短缺，转脸瞅了一眼又低头眯着
我想，等他病情好转
用轮椅推他，叫他看一看
他讲了一辈子的城墙到底是啥模样

父亲正月初六住进医院，十一凌晨亡故
我的最后计划在那一刻成空

母亲送我上大学

左拐，右拐，向南，向北……
舅舅蹲着，拿一根柴火棒在地上画交通图
母亲说："算了，我送娃上学吧！"

步行到镇上，坐汽车到县城
七八个小时的火车晃荡到省城
从南京西站出来的时候，已是夜里十一点多了

广场上到处都是人。躺着的，坐着的，走动着的。
累。热。蚊子多。天上的星星挤破头。
不知过了多久，迷迷糊糊睡去
醒来，天已大亮，周围喧喧嚷嚷
有凉风吹来，是母亲用折叠的报纸
为我扇风
那一年我十七，算起来，母亲四十五六岁
正是她年轻力壮的时候
也是她扬眉吐气满心希望的时候

见　证

"少年人看异象，老年人做异梦。"
电话那头，母亲说着她的梦

"三条葡萄秧子，一棵大的，两棵小的
蔓到窗户外
都打着须子，结出一嘟噜一嘟噜的葡萄
——屋里咋会长出这么壮的苗呢？
'精兵掘的土！'
清清楚楚，是你大的声音
就是看不到他人在哪里。"

妻在旁边剁馅，听了母亲的见证
笑着点头
这几日的确福杯满溢
我晋升了高一级职称
大女儿考研上岸，小女儿考编成功

第五辑 / 校园诗艺

春　雷

今夜三更
雷声隆隆
是第一声春雷吧

忽然想起
一九七八年夏天，一个早上
张老师向邻居家借来了
一辆凤凰牌自行车，载着我
在直脖倒的大雨中
骑了几十里
到公社参加小学生作文比赛
题目就叫"春雷第一声"

作文课

先生在黑板上写下了竞赛作文题
像一勺水落入了沸腾的油锅
"'莫道寒来早'，先生，能不能稍做指导？"
"'文体不限'，先生，可不可以写成诗歌？"
"先生，这节课是不是一定要写完？"
"先生，这次比赛一等奖总共几个？"
交头接耳，七嘴八舌
愁云惨淡，哀鸿遍野
……
先生忽生悲恻
却也无可奈何
狠狠心，严肃而不失温和：
"假如作文可以在喧闹中写好，
请做一只喊喊喳喳的麻雀！"
（张生小声接腔：好滴！）
"假如创作必须经过讨论"
请问曹雪芹跟哪一位大师合作？
（李生朗声搞笑：高鹗！）
迷茫，挣扎，然后是接受
就如蠓虫儿落入了网罗
神游象外，个个成了小小哲人
对着窗外的竹子格物致知
对着壁立的书本冥思苦索

壁钟的秒针逞能超了同伴一圈又一圈
笔尖蹭着稿纸沙沙像禾苗在拼命拔节
讲台前的先生心满意足
像个气定神闲的将军
端坐帅帐
更像一个坐享其成的老地主
望着遍野的好庄稼
坐等生长，成熟，收割

暴风雪将临，寒假作业发放进行时

起于青萍之末
风，舞于一片域名为高一（18）班的草原
于是，花草披靡，牛哞马嘶
一册青不青绿不绿的作业本
竟成了一面魔镜、一道符箓
马尽衔铁，牛尽鼻环
就连黑板上
"距快乐寒假仅有×天"的表情包
愈看愈像揶揄，甚至让人怀疑它
已被收买
做了通敌卖友的叛徒

冬日午后读庄

恍兮惚兮，竟觉得
这藐姑射山上
餐风饮露的绰约仙子
是你，是葛衣打着补丁
草屦结着麻绳的老兄
饥肠辘辘眼冒金花时
幻出的奇思妙想

食必练实，栖必梧桐
任公子钓鱼，牛皮已吹破
多情的楚王
还是患上了热烈的单相思
一厢情愿地把濮水当成了磻溪
没办法，你只能恶搞自己
扮了一把
曳尾于涂的龟

心有大鹏
亦有蝴蝶
只是桃源无觅处
你的树，生长在无何有之乡
已然笼盖四野

惟愿寝处，于其下
彷徨，于其侧

守　着

——读李清照《声声慢》

守着一扇紧闭的窗
守着一杯寡淡的酒

守着这一张案
曾赌书泼茶
曾联句对枰
守着这面镜
曾映着相看两不厌的影
守着这断石残画
山水迤逦过他的眼
碑帖摩挲过他的指
守着这斗室
还存他的声和气

守着这昼
曾并看晴空巧云
守着这夜
一起听夜阑雁鸣
守着孤帆远去的岸
守着泪水落枕的冷
守着这如梦的生
守着这如寐的灯

守着这营盘
虽只她一个兵
守着这城
凭一个孑遗弱女子
守着这独木难支外无援手的孤城
抵挡着八方矢羽的攻

守着这香冢
那句曾让他痴痴木木的
人比黄花瘦呵
黄昏的一场雨
不曾商略，蓄谋已久
洒向这半死梧桐
点点滴滴
是喁喁私语
是低低叹息
是一件一件回忆
于是，记忆再度泛滥
又一次面对
灭顶之灾

他，不会知道

夜里十一点，有电话打来
炙热与至少半斤白酒的劲儿
在车轱辘的话语中混搅
终于弄清是三十年前栽培过的一株桃李
却又让我说出他的尊姓大名
只好说声音耳熟，爱徒提示说
一次统考砸在了作文
是恩师站在冷风飕飕的走廊
给学生讲作文要抓细节
比如，一位母亲送儿子异地求学
眼看火车启动，行李捆索崩断
母亲智慧，解下腰带……
隔着车窗望着母亲
儿子流下泪水

"老师，您想起来了吧?"
唉，他不会知道这个场面
我跟多少学生讲过
不会知道，故事中的少年
本是讲这故事的人，不会知道
当时那少年只是尴尬和恼怒
不会知道，这两行泪
经历了多少年多少事
才悄然滑落

水浒，偏爱读旧版

桑皮老纸，最好略有
漫漶。如此，方氤氲出
九百年前的风尘金鼓
八百里水泊的芦荻水烟

竖行排列，委实使
山神庙的风摇
景阳冈的虎跳
浔阳楼的醉书
来得更猛、更酣
三十六座天罡星
七十二座地煞星
一字儿摆开
水军步军马军
各以劲弩射住阵角
端的齐整，端的威严

行间留白
是豹子头林冲雪地逦迤
赤发鬼刘唐月夜阑珊
沿着这串串脚印
或可寻索
一个病中少年秋山静读的时光残片

"瓦罐不离井上破，
将军难免阵前亡"
彼时，落叶萧萧
泪水潸然

写字记

一个识文断字的人
一个终身跟文字打交道的人
一辈子要写多少个字
却顾所来径，苍苍
踊跃的是这些激动的精灵

这一篇雄文万言
笔笔书写光荣与梦想
字字珠玑
工资迟发扣发
打什么鸟紧

这薄薄一张纸
寥寥几行书
却是万山丛
怎么也逃不出

从前多行草
而今多正楷，笔渐老
随心所欲不逾矩
砚墨亦无多，须
数米计薪
认认真真

晨读《诗经》

四下满铺了这金
晨风吹拂着这爽
涵泳在水源，濯缨在沧浪
把水泥露台读出了千里草场
把机车轰响读出了清歌婉扬
把小小的案读出溱洧的柏舟
把舒展手臂读出了欸乃的兰桨
把袒胸露背读出了衣袂飘飘
把头童齿豁的翁
读出了青青子衿的郎
不说书外的奴役
单说书中的君王
不说释卷后的——冗
单说此时，此时
此时吾丧我，如同——
时光失丧了时光

办公室搬迁记

……最后是交钥匙
交钥匙，约等于封存一段记忆
大于或等于某种宗教仪式

想想，沧海都能成桑田
——其实，这算什么呢？
只两楼之距
细算来，只 20 级台阶
加 20 步之遥
怎就迢递成了天涯海角
中间或有断裂抑或遗落

去意徊徨
回望它，如隔着一道苍茫的水面
或是象征
譬如一只失神的蝉蜕
譬如一则成语"得鱼而忘筌"

变形记

朱耷笔下的虫鱼鸟兽
不是憎目圆睁，便是白眼向天穹
越看越像一个人
哭笑不得，天地不容

王立平谱曲《葬花吟》。当他弹完最后一个音符
伏在钢琴上，泪水滔滔
此刻，他成了那株绛珠仙草

萧红描写的鲁迅
头发刷子直立，胡须一波三折
硬似嵇康，巍如秋山
在《觉醒年代》里，写下了"救救孩子"
把笔掷在一边
躺在地上，虚脱得
像一个产妇，刚刚结束了痛苦的分娩

亲爱的故乡

九月开学季。车站。码头。大学门口。
身材俊美眼睛明亮，青涩中满含希望——大一新生。
这里就有我呀……
宁海路 122 号。东方最美丽的学校。
虽粗缯大布，却也踌躇满志
彼时，吾乡吾民，不论男女
惯常着红花布蓝花布内裤
同舍诸生嘻嘻哈哈。暮色中
我看到四舍楼前一株高大的青楸
几片叶子无言落下
月光照进来，我们这些中文系的
初次离家，油然而生乡愁。于是谈起
家乡的风物及出产
"我的家乡做大头。方圆二百里出名。"
我是一个不懂藏拙隐短的人。
"大头?""棺材。前头大，后头小。"
风吹进来，有些凉意。似也带着几分揶揄
哦，故乡，你的玉米和高粱
给我粗粝的肠胃挺直的脊梁
但你不知道，亲爱的故乡
无意间，你也给一个自你而出
没见过大世面偏又小肚肠的井蛙
带来多少不知所措的难题

水莲花

——南京一中听课笔记

采访，交流，拥抱金陵风物
写脚本，扮角色
比较幼安易安的豪放与婉约
大鱼导前，小鱼尾随
自由自在，轻松活泼
相忘于江湖

的确，迫于压力，我们常犯无心之过
你看，只要不——
搦着脖颈填鸭，或
当他是木石，绝缘于生活
或甩着分数和名次的响鞭
训他成只会俯首啮草百依百顺的羊
总之，只要拿他当人——
就会像一枝水莲
一点阳光，绽开
半缕清风，放香

《红楼梦》选读
—— 南京田家炳高中听课有感

打开高德地图。紫竹林，田中……
几个词猛然扑入怀抱
恍惚间，便被带入
二十四诗品或五柳先生隐处

美女夏老师，高明的调味师
不用花、雨、露、霜，及蜂蜜及白糖
巧手调和百味
孩子们，人人咂嘴弄舌
一个个文字精灵活泼蹦跳
忽又幻化为曹公含笑的眼睛

胸中有丘壑的设计师又是
不着痕迹，引人拾级而上
大观园中，万籁参差，满目皆新
慈目慈心的园丁还是
在这金秋时节，播种智慧的种子
沐以春风，期待冬日过后
吐芽冒绿，拔节生长，品格凛凛
好一片郁郁森森龙吟凤啸的竹林

月下奔马图

小视频发给了多才多艺的同事大任
求他画一幅比徐悲鸿的八骏图
再狂野些的奔马图
并且是月下奔突

大任，请你先拉 50 个单杠，再跳 1000 个大绳
这不光可舒展肌肉，还能保证
心胸开阔，逸兴遄飞
作画时借鉴齐石白篆刻单刀直入大刀阔斧的风格
粗犷勾勒奔马的体态及轮廓
当然，马的腰身伸展和四蹄奋起要有夸张
要有你上次打比赛时
拉弧圈球的那种势大力沉的劲道
至于马的鬣鬃和尾巴
勿工笔细描，用怀素或张旭的狂草笔法
最后，画马点睛，让它破纸而出

这样，便能从你的奔马图中
看到 30 年前，因一位领导"学士不知胸中曾学事否"的酒
　　桌戏言
一口气在冷月默照北风呼啸的空操场上
奔跑几十圈的一个身影

《琵琶行》 课堂联诗

枫叶霜冷
荻花月寒

船邀约了船
弦拨动着弦

一曲万金
五陵少年

春生野草
居易长安

名利泡影
繁华云烟

红豆抛残
青鸟隔断

往贾浮梁歌吹欢筵
来宾鸿雁车马舟栈

冷冷谁湿了谁的青衫
悠悠谁成了谁的诗眼

余音袅袅千年不断
诗韵悠悠万口相传

东坡词争鸣

学友，你关于"乱石穿空"的高见
我不敢苟同
这个"乱"字
类似板桥乱石铺街体的率性
或书似青山皆乱叠的野趣

至于"小乔初嫁了"
老师，您的解释固然没错
但学生觉得不够饱满鲜明
就说这个"初"字
是奇花初胎
是豆蔻梢头二月初
是包孕瞬间
是刹那芳华

监考漫想录

每次监考
我都想将那一摞试卷
抛向空中
下一场雪
学生就有了舞蹈的心情

我还想让少男少女们
把试卷踩在脚下。我是说
把试卷当作魔毯，乘着它
冉冉地飞升
去摸一摸白云
亲一亲蓝天
遥望齐州九点烟
偶开天眼觑红尘

花　园

我说的花园，不是学校西边的鼓楼广场
用五色常开不败花朵装饰成的巨大的孔雀
也不是学校东边的、明城墙隔开的玄武湖公园
也不是我们学校——尽管它佳木葱茏、落英缤纷
我所说的花园，指的是我们高一(8)班
包括讲台上齐崭崭绿油油的一片麦田
包括透过窗户探入教室的摇曳的凤尾竹
包括后方黑板报上金黄的绵亘远逝的葵花
但，主要的还是指
我在讲诗评诗时 54 张洒满阳光的笑脸
以及 54 杆妙笔摇曳出来的如花似玉的文字：
"抽纸是无蒂的白玫瑰
它把病魔压在黑色的渊面以下
每盛开一朵，母亲的感冒
就减去一分。"

第六辑 ／ 雪泥爪痕

卖菜的农妇

农贸市场的出入口
倚一棵老白榆
对着熙来攘往的马路
一个农妇摆下了
小小的菜摊

几把矮脚黄，清清爽爽
一小垛韭菜，理顺如秀发
两三捆香椿，夕阳下
举着一簇簇紫红
几个青萝卜，干净，水灵

马路上，行色匆匆或雄视阔步者
没有谁会轻轻一瞥
主妇们只对那自卖自夸者
趋之若鹜

慈柔，淡定，老妇的目光
——抚过菜蔬
如安慰就要嫁出的闺女
品貌出众，打扮齐整
定然有一乘花轿前来迎娶

鸟儿归巢，几片榆钱飘落

白榆岁老而俨然

老嫂子，您与这株白榆

皆有模有样

惜灰记

被趁夜载入了城
东张西望，局促不安
辣椒有害羞颜色
白菜有防人之心
——多像我的乡邻
顶戴的露，身披的灰
恰好合成一味霜剂
煎服可疗心疾

亦不忍濯去——
这青衿和罗袜上的滓
时光已分不出
山径与紫陌
花朝与雨季
晨昏与休戚
唯识相亲，须臾未离

日记一册，束之久矣
拂去冷落的埃
心跳噗噗，炙手可热
又有这一页，先一句歌词
前尘往事成云烟
后一道偈语

如梦幻泡影，如露亦如电
当时意懒神疲如是
惜之，惜之。须知
缺失了这黯然一色
无法具足那斑斓之美丽

芦花鞋

昂然走进了超市
原本不叫这雅致的名字

北风急寻老屋的空隙
弟弟妹妹们跺着双足
与寒冷对敌
芦花和苘麻上下翻飞
母亲带着姐姐
同堆压在屋檐的彤云赛跑
急急编制这御寒的——

乡人叫它茅窝
金窝银窝是伟大的梦想
还是草窝实实在在
塞一把碎软的麦秸
呵呵，草屋藏脚

上学路上
泥泞不湿，雪深不陷
只升腾起暖
像两只忠诚的船
稳稳地，载着兄弟姐妹向前

你问，古人如何过冬

九九八十一瓣梅花
日染一瓣
或是描红，九字八十一笔，道是
庭前垂柳珍重待春风

你问，我小时如何过冬
一座树疙瘩
架于火盆之上
本家二哥，村小先生
讲西游喜欢添枝加叶
一屋子的人越急，他越慢
足足讲了三晚
唐僧师徒四人才过了火焰山

你看，我们现在如何过冬
筷子伸向沸腾的火锅
手指划拉凉薄的手机屏
点击朋友圈里图片
分享着从"晚来天欲雪"
倒来的二手三手冬景

我 们

我赏果实
你爱花艳

你恋那枫
我依这栋

我习惯幽居静处
你不离急管繁弦

我恬淡于初冬
你追忆于春天

我们，原是两条
不可能相交的
平行线

归　途

看一穗金黄
便觉有
扑鼻的香

村人荷着锄耰
锄耰挂着夕阳
笑语朗朗
疲倦里透着畅

暮色中，父亲
拔下田头
最后一株稗子
额上的汗珠
与禾尖的露珠
初升的新月
一同闪亮

一只踉跄的气球

晚值班的归途中
我看到车道上一只
小小的粉色的气球
张皇失措

是孩童欢喜时的失手？
是庆典结束了的解散？
一只气球，从此失宠
开始了它的漂泊流浪

灯红酒绿，众水奔腾
夜色中，这只气球
时现时没，踉踉跄跄

多少次，想飞，飞，飞
无奈气力无多
看到前方不远处
路边一丛兰草可歇脚
于是，它试着靠向路边
却又被猛然撞回路的中央

红灯！红灯！红灯！！！
是无知无畏还是心存侥幸

这个有想法的小东西
竟脚不停步径自向前
看来它急急地想逃离这
凶险四伏的围场

唉，它多像二十年前的我呵
那时，一股名叫孔雀东南飞的风劲吹
由命运这匹兽驱赶
也这般身不由己
东奔西撞

种草的中年男人

下楼取快递
看到一个头发花白的中年男人
在小区甬道边种草
他左手接听电话
——嘴里不住"嗯""嗯"
右手拿着刨铲一下下刨土
——走近,看到泪水
满挂在胡子拉碴的下巴
——窝子已足够栽一棵树了
还是刨土不止,"嗯""嗯"不止
似乎,他的无奈与悲伤
需要一只更深更大的坑
　　才能盛放

"亲爱的"

上工的点到了。巴掌大的凉荫下
几个烟蒂，一个纸团
像潦草的窠里卧着一枚蛋
展开来，只三字：亲爱的

写给爷娘、妻子，还是儿女
e时代，书信已成为渐逝的背影
是对话时张不开口，撕扯不清
或又被当作耳旁风
于是，求助这传统形式来创造奇迹
摊开了纸，握起了笔
为何欲言又止

本应飘向故乡的一片云
却纠结成眉间心头的一个疙瘩
跌落在这蝉噪的午后

虚荣心

1982 年 7 月底。某个中午。
通知书送达时，我正端着笊篱
在自留田里摘辣椒
二姐隔着田头的水渠叫我
其实，她不说我已猜着了八九分
一眼瞥见对岸老柳树下
十几个村民在纳凉，说笑。我的父亲
蹲在这片树荫的最外围
只低着头，架着烟袋抽着
——唉，他，一向如此
我，一向"恨铁不成钢"（这是我们班主任的口头禅）
于是，我故意大声问二姐什么事
"大学通知书到了。送信的等你回家签字哩！"
我假装没听清
——其实两岸只隔着十来米远
一字一顿，二姐又重复了一遍
这下，乘凉的都明明白白听到了
他们齐刷刷朝我父亲看，跟他搭话
只是，我看不清他们的表情
听不清他们的说话

三　叔

每一年，收秋之后
三叔喜欢带着锹、镢
去挖掘田头沟边的树墩

柳根广，杨根深
三叔挖的塘子大
起出来的树墩，根须张展
堆堆叠叠，越看越像
当年他手持大刀，一刀一个
剁下的小鬼子的头

北风吹，雪花飘
三叔在庭院里
又起一两个树墩，点着
将当年在战壕里冻坏的左腿向火
火光里，三叔眯缝着眼
似乎，他又听到了集结号
看到了眼里喷火手拎大刀
飞步向前的战友……
雪，大起来了。三叔身上落满了雪
几片雪花，落在三叔的眼角
瞬间融化
和泪流下

好人何教练

金陵驾校的何教练
绝对是一个好人

我考科二时，第一次安全带没系就启动了
考官金口不吐一字，食指向下示意停止
懊恼。何教练短信安慰：
咱们岁数大了，一切皆有可能

第二次倒车入库，方向打迟了
画了个大大的圈。半个车身出在线外
他发了一句文绉绉的话：事缓则圆

第三次不要太顺利哦。得意过头，忘乎所以
S 形转弯的最后，后右轮压线 30 厘米
教练这次只发一张笑脸加一个拥抱
羞惭加自责：我让何教练无语

第四次，谢天谢地，终于考过
一向气定神闲的何教练
在朋友圈里连放十几挂响鞭

"磨剪子嘞戗菜刀!"

祖师爷留下的这一声吆喝
从古到今，走遍天南地北
千山万水，来到这都市
从路怒车鸣及广场舞神曲轰炸中
略带羞涩地挤出
一条磨成了肉红的枣木长凳
走街串巷，你如老翁负孙
扎下小小营盘
它俨然成了马中赤兔
跨马持刀，雄视前方
你的身子一伸一弓
如将军疆场驰骋冲锋
霍霍，哧哧
虽是微末技艺，却关乎吃穿
比如黄州东坡肉，辽东征夫衣
关乎情感，比如
当断则断，除却三千烦恼丝
甚至关乎生、老、病、死
种种天底下大事
你讷口少言，凝神一志
偶试霜锋，嚓然有声
岁月磨你，你磨岁月
不见其亏，日有所损

手托砚石，此时驼背的你
与驼背了的它
构成一个囫囵的圆
摩挲它亦是摩挲一辈子光阴
无声中握手言和
达成了理解与默契

望月怀远

月月，年年
山之北，水之南
多少仰望的丝缕
成就这一枚
无可挣脱的茧

扯出千头万绪
揪牢，翻跶
以梦为翼
越陌度阡
追回日暖花香的春天

踏　雪

昔年踏雪
足印串串

今日出门
见雪还是雪
山还是山
只行走无痕
不滞，不粘

夏夜听柳琴书

一副喉舌，几条弦索
勾画出人世的
悲欢离合
天上星星挤破了头
河里青蛙不再絮聒
夜已深
乡民犹自欢哈嗯噱
忘了明天地里的活

三个，四个
顶多五六个夜晚
说书人便去了他乡
留下一个故事有头没尾
一个少年失魂落魄

乡间禁忌

满叔爨火
满婶炸丸子

"快炸完了吧!" 小芹说
满婶白了她一眼
小芹红着脸，一边择菜去了

"哟，眼看就没有喽!"
满叔抡起一根柴
大高吐了吐舌头，跑了

"娘，咋还恁多!"
满婶眉开眼笑
将笊篱里的丸子沥了沥油
往白瓷碗里一扣递给二高:
"端去吃吧! 喊上你姐你哥。"

花落有声

放学后，步行十里回家
连祖母也下地干活去了
在碓窝子旁边的石片下找到了钥匙
饭和菜扣在锅底。还热乎乎的。
饭毕，将小方桌搬到院中梧桐树下
闭目养神两分钟。做外地的数学模考卷
那时，没有复印机。同学借给我看一个晚上
已经是很大的人情
响水，灌云，射阳……
卷头上的这些地名新鲜有趣
很顺手。一鼓作气做了五套
有两道附加题没做出来
院子里很静。邻家也没有什么声音
偶有桐花落在地上发出轻响
有一朵落在我写字的桌上

羊肚汤蒙冤记

记不清多大，八九岁吧。好像是发烧
母亲做了一碗羊肚汤
鲜美！好长一段时间
想起这碗汤来还流口水。直到——
一次，从街上买了一本叫《窦娥冤》的画书
看到一个叫张驴儿的，为霸占窦娥
借一碗羊肚汤设谋陷害
登时气得我把每一个张驴儿都涂成鬼怪
并认定羊肚汤做了帮凶
从此也不再想母亲做的那碗羊肚汤
羊肚汤当然不会六月飞雪，也不会托梦申诉
过了一段时间又想起那碗被下毒的羊肚汤
觉得它是无辜的
于是决定为那碗羊肚汤雪冤
于是，两碗羊肚汤重又美好起来

父亲掌印

父亲不是官，却执掌这官印
父亲不识字，还是我告诉他
这两个掏空的反字是"立功"

大集体时代。全村人的口粮都积在场屋子的粮囤里
一人为私，二人为公
每天晚上，父亲都和另一位社员巡察
赵姓表叔举着马灯，父亲查看
新收纳的豆麦稻黍抚平了，父亲便庄重钤印
粮囤鼓起的小山包上便鳞次着"立功"
完毕。门鼻子上两把锁同时落下，钥匙各揣入怀
真可谓一夫当关，万夫莫开
在堂屋冲门的墙上，在"吉星高照"春联的旁边
父亲楔了一根木橛
粮印就悬在上面
我家土坯草房一下子就添了光彩

杏　花

杏花不是花，是孩哥未婚妻的名字

那年冬天闹地震
孩哥就来防震棚跟我挤地铺
天短夜长，孩哥就给我讲狐狸怎么成仙
更多的是讲他和未婚妻杏花
父亲没事做的时候，也在旁边抽着烟袋，像听又像没听
杏花给他买了一双尼龙袜子
杏花的爹，求他去帮忙砌墙苫屋
杏花送他到村头，两个人膀挨膀地走路……

春天开学，我住进了学校的防震棚
一天晚上回家，父母在灯下
正说着孩哥喝敌敌畏没能救过来的事
我惊诧："那杏花咋办？"
父亲说："哪有那事！"

孩哥是村东头的大娘再嫁带来的
晚爹喝醉了，骂他："墙上的棵子——野种！"
孩哥拎起板凳要砸，大娘哭着扑过去夺下
海哥爱俏
每天晚上将裤褂叠好压在枕头底
这样，次日穿起来板板正正

一棵树的疼

三叔屋后有一棵泡桐
刮风的时候，枝条扫拂屋瓦
三叔就把它卖给了本村的木匠梁五

梁五先上树折断枝子
把一棵树弄成了光棍模样
再用一根绳子控制好倒地的方向
他开始锯树。"嗤——"一道火星蹦出
梁五动用了斧子凿子，像外科医生
从树的体内取出了一根粗大的铆钉

梁五没说什么
三叔没说什么
那棵树也没说什么

瞎眼牛犊

生产队的一只母牛
产下一只牛犊。落地双眼瞎
王兽医喂它几个月的维生素，也没治好
队长叫杀猪的把它宰了
在村东头支起一口 24 印大锅
每户按人头分取肉汤

几十年过去了
还记得饲养员牵着瞎眼牛犊
走向屠宰地的时候
它低着头往前走——还以为是去沟渠边啃草哩
杀猪的拍了拍它的前腿
它便跪伏在地
还伸出舌头，舔了舔屠夫的手背
浑不知一把刀子闪着寒光正向脖颈捅来

误　解

在院墙外
就听到了六叔爽朗的笑声

六叔的几个孩子
有的在省城，有的在县城
工作都很体面，收入也高
六叔和六婶，哪也不去，谁也不跟
二亩自留地，也是种着玩的
村里人都说六叔是有福之人

三十年前，六叔的日子艰难
六婶病卧在床。几个小孩
一个高中，两个初中，一个小学
一次，我要修理个什么东西
到他家借钳子一用
盖着一顶破了檐的草帽
六叔扛着耩子正要下地
"借钱？大侄子，你咋想到向六叔借钱？"
那一刹那，我看到六叔陌生而可怕的眼神